AIDE-MÉMOIRE

DES

CHEFS DE DÉTACHEMENT

Par DUPLOM

CAPITAINE AU 41e DE LIGNE.

PARIS

LIBRAIRIE MILITAIRE DE J. DUMAIN

(ANCIENNE MAISON ANSELIN),

Rue & Passage Dauphine, n° 26

1850

AIDE-MÉMOIRE

DES

CHEFS DE DÉTACHEMENT

Par DUPLOM

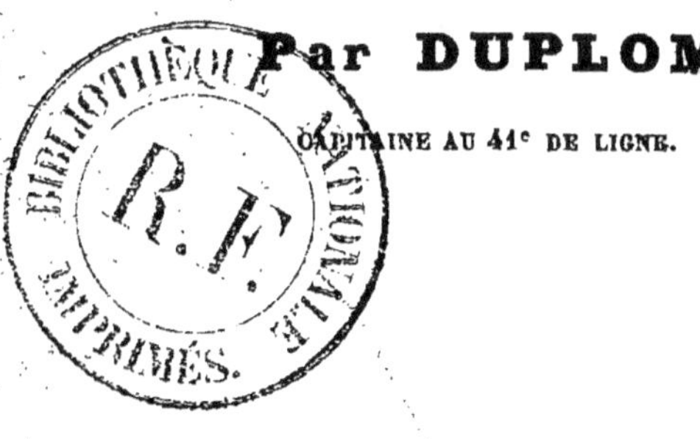

CAPITAINE AU 41ᵉ DE LIGNE.

PARIS

LIBRAIRIE MILITAIRE DE J. DUMAINE

(ANCIENNE MAISON ANSELIN),

Rue & Passage Dauphine, nᵒ 36.

—

1850

IMPRIMERIE ET LITHOGRAPHIE DE MAULDE ET RENOU,
Rue Bailleul, 9-11.

TABLE DES MATIÈRES.

TABLE.

AIDE-MÉMOIRE.

Composition d'un détachement.

« Pour former un détachement il faut au moins six hommes
« réunis du même corps.

Ordre de départ, instruction et pièces diverses à remettre au chef de détachement.

« Le commandant d'un détachement doit être muni d'un
« ordre de départ, d'une instruction par écrit sur l'objet et
« le service de son détachement et d'une feuille de route.
« Il doit recevoir du major une instruction détaillée sur la
« comptabilité qu'il doit tenir et les états et les pièces pres-
« crits par les règlements d'administration.
« Il se fera remettre aussi des billets d'hôpital, des feuilles
« d'appel et de signalement de déserteurs, n. 1 et 2.

Départ.

« A moins de nécessité absolue le détachement ne se met
« pas en route avant le jour.
« Lorsque le trajet est court, le chef retarde l'heure du
« départ pour laisser plus de repos à la troupe.

Solde.

« Le détachement qui est réduit en route au-dessous de
« six hommes, continue à recevoir la solde de route jusqu'à
« sa destination.

« La solde de route est allouée pour toutes les journées de
« marche et de séjour indistinctement y compris le jour du
« départ et celui de l'arrivée à destination. Elle cesse d'être
« due lorsque, durant la route, le séjour se prolonge au delà
« de deux jours.

Mesures à prendre par le chef de détachement.

« Le chef de détachement prend toutes les mesures néces-
« saires pour empêcher les soldats d'entrer pendant la route
« à l'hôpital, à moins qu'ils n'y soient envoyés par le
« chirurgien du détachement. Il charge un officier de se
« présenter en son nom à l'autorité municipale des villes que
« le détachement traverse où dans lesquels il loge, de l'in-
« viter à n'admettre dans les hospices que les militaires
« porteurs d'un billet signé du chirurgien du détachement
« et de lui donner le nom des hommes restés en arrière sans
« autorisation, afin que si ces hommes se présentent à elle,
« elle puisse en avertir la gendarmerie.

« Il fait visiter par un officier de santé civil, et en sa pré-
« sence, quand il n'a pas de chirurgien avec lui, les militaires
« qui demandent leur admission à l'hôpital.

Logement.

Le logement composé de l'adjudant de semaine, des four-
riers et d'un soldat au moins par compagnie et la garde de
police montante, partent une heure avant le détachement,
sous les ordres d'un officier qui est commandé chaque jour
pour ce service, et chargé des distributions.

« Il est dû, dans tous les logements, pour deux caporaux

« ou soldats et pour deux sergents, un lit garni d'une
« paillasse, d'un matelas ou lit de plume, d'une couverture
« de laine, d'un traversin et d'une paire de draps propres.
« Chaque adjudant, sergent-major, tambour-major et chef
« de musique a droit à un lit.
« Jamais les hôtes ne peuvent être déplacés du lit ni de la
« chambre qu'ils occupent habituellement.
« Il est dû place au feu et à la chandelle.
« Les soldats doivent ne rien exiger de leurs hôtes, quand
« même ceux-ci refusent de leur donner ce qui leur est dû ;
« ils avertissent leur officier ou leur sergent de section qui
« s'adresse à la mairie pour leur faire rendre justice. »

Ordinaires.

Les ordinaires se font dans les logements des caporaux,
ceux-ci sont responsables du bon ordre, de la tranquillité,
du respect pour les propriétés et de la déférence que les
militaires doivent aux habitants. Les hôtes ne sont tenus de
fournir, pour les ordinaires, que la place au feu et à la
chandelle, et les ustensiles nécessaires pour faire et manger
la soupe.

Lorsque la soupe ne peut se faire par ordinaire, elle se fait
par logement.

Payements aux détachements éloignés de la résidence du conseil central.

Lorsque les détachemens qui se trouvent dans le ressort
du conseil central, sont trop éloignés du lieu où il siége pour
que les parties prenantes puissent venir en personne recevoir
leur traitement ou percevoir le prêt chez le trésorier ou
l'officier payeur, les fonds nécessaires sont remis par ce
comptable soit aux officiers que les commandants des déta-
chements ont envoyés pour les recevoir, soit à ceux que le
président a désignés pour aller les porter. Dans l'un et l'autre cas, les dépositaires de ces fonds en donnent reçu au bas
du titre constatant leur mission. Ce titre leur est rendu en
échange des quittances des parties prenantes.

Responsabilité du commandant de détachement.

Dans les portions de corps qui n'ont pas de conseil, les fonds qui leur appartiennent sont renfermés dans une seule caisse dont l'officier commandant est personnellement responsable.

Malades.

Les hommes malades ou écloppés, qui ne sont point admis à monter sur les voitures partent en même temps que le logement.

Séjours.

Dès l'arrivée au gîte où le détachement doit avoir séjour, le commandant prend les dispositions nécessaires pour que la chaussure, l'armement, l'habillement et l'équipement soient réparés et mis dans le meilleur état de propreté.

Le matin, il est fait un appel, tous les officiers s'y trouvent.

L'inspection du séjour se passe le soir, et habituellement en tenue de route ; elle tient lieu d'appel du soir.

Il doit avant le départ de chaque gîte d'étape faire prendre à la mairie le certificat de bien-vivre et faire droit aux réclamations qui pourront lui être faites.

Lorsque des compagnies ou des sections sont détachées du gîte principal, le commandant de chaque cantonnement établit une garde de police, à son départ il prend un certificat de bien-vivre.

A son retour, il remet au lieutenant-colonel les certificats de bien-vivre.

Il se présente chez le colonel, le lieutenant-colonel, le chef de bataillon et le commandant de sa compagnie.

Immédiatement après il règle avec le trésorier et l'officier d'habillement les comptes de son détachement.

CONVOIS MILITAIRES.

Toute troupe en marche n'a droit aux fournitures de convois qu'à raison de son effectif et conformément aux fixations ci-après :

EFFECTIF.	ALLOCATIONS A FAIRE.
De 25 à 74 hommes ...	Une voiture à un collier.
De 75 à 149 — ...	Une — à deux colliers.
De 150 à 249 — ...	Une — à trois colliers.
De 250 à 374 — ...	Une — à quatre colliers.
De 375 à 499 — ...	Une à quatre et une à un collier
De 500 à 624 — ...	Une à quatre et une à deux.
De 625 à 749 — ...	Une à quatre et une à trois.
De 750 à 874 — ...	Deux voitures à quatre colliers.
De 875 à 999 — ...	Deux à quatre et une à un coll.
De 1,000 à 1,124 — ...	Deux à quatre et une à deux.

Et ainsi de suite, selon l'effectif, en ajoutant un collier par 125 hommes.

Détachement de cinquante hommes et au-dessous transporté par urgence en franchissant plusieurs gîtes d'étapes par jour..................... } Une voiture à quatre colliers par dix hommes (y compris les armes, sacs et porte-manteaux).

Un détachement ayant moins de vingt-cinq hommes a droit à une voiture à un collier, toutes les fois qu'il est commandé par un officier, pour le transport de son porte-manteau, et subsidiairement, s'il y a lieu, pour le transport des militaires malades ou éclopés.

Les allocations pour les transports de la caisse et des papiers des corps, sont fixées à une voiture à deux colliers pour un régiment, et une voiture à un collier pour un bataillon ou une compagnie formant corps.

Poids à transporter par chaque espèce de voiture.

VOITURES.	POIDS.	HOMMES.	CONVERSION EN CHEVAUX	
			de selle.	de bât.
A 4 colliers.	750 kil. ou 1,532 liv.	10 à 12	6	3
A 3 —	600 — 1,226 —	8 à 9	4	2
A 2 —	450 — 920 —	5 à 7	3	2
A 1 —	250 — 512 —	2 à 4	2	1

Chaque bête doit porter 125 kil. (règlement du 31 décemb. 1823.)

CHAUFFAGE.

Le chauffage des chambres dure,

Savoir :

Dans la région chaude, trois mois, (du 1er décembre au dernier jour de février inclusivement).

Dans la région tempérée, quatre mois, (du 16 novembre au 15 mars inclusivement).

Dans la région froide, cinq mois, (du 1er novembre au 31 mars inclusivement).

Lorsque les troupes sont campées ou baraquées, les distributions du chauffage d'hiver commencent un mois plus tôt et finissent un mois plus tard que pour les troupes casernées.

Elles sont chauffées, savoir :

1° Dans la région chaude, cinq mois, du 1er novembre au 31 mars inclusivement;

2° Dans la région tempérée, six mois, du 16 octobre au 15 avril inclusivement;

3° Dans la région froide, sept mois, du 1er octobre au 30 avril inclusivement.

Il est dans la saison d'hiver, des jours où l'on peut, sinon se passer de feu, du moins n'en faire que fort peu. Dans ce cas, les chefs de détachement font mettre en réserve, pour les temps plus durs le combustible qui n'a point été consommé. Cette disposition est de rigueur, son exécution est confiée aux commandants de compagnie.

Les troupes en station logées chez l'habitant n'ont pas droit au chauffage d'hiver.

Lorsque les troupes sont casernées le jour de leur arrivée dans une place, elles ont droit au chauffage à compter du même jour.

Les chefs de détachement prélèvent sur la distribution générale des ordinaires des caporaux et des soldats, une certaine quantité de combustible, destinée tant aux besoins de l'infirmerie (préparation des tisanes) qu'à ceux des hommes mariés les plus nécessiteux. Ce prélèvement ne peut, dans aucun cas, s'élever à plus de deux kilogrammes de bois ou d'un kilogramme de charbon par ration, pour les allocations afférentes aux foyers à une marmite, et à plus de quatre kilogrammes de bois ou deux kilogrammes de charbon par ration, pour les allocations concernant les foyers à double marmite.

TARIF DES ALLOCATIONS POUR LA CUISSON DES ALIMENTS ET POUR LES CHAMBRES.

DESTINATION des COMBUSTIBLES.	TAUX DE LA RATION.		FAGOTS d'allumage pour le CHARBON DE TERRE.	OBSERVATIONS.
	BOIS.	Charbon de TERRE.		
1° Cuisson des Aliments. Ration des sous-officiers et des parties prenantes traitées au même titre, qui font usage de fourneaux économiques, par homme et par jour……………	k. déc. 1 60	k. déc. » 80	un par 20 rations.	Chaque ordinaire doit être muni d'une scie et d'une hache dont l'achat et le renouvellement sont au compte de la masse générale d'entretien.
Ration collective de l'ordinaire aux troupes faisant usage de fourneaux économiques. — 1° Fourneaux ancien modèle, à une marmite par fourneau et par jour……	25 »	14 »		
2 Fourneaux ancien modèle, à deux marmites par fourneau et par jour…………	42 »	24 »	deux par ration.	pour les marmites de 75 litres et au-dessous.
3° Fourneaux Cboumara à doubles marmites par fourneau et par jour………	40 »	22 »		
	45 »	25 »		pour les marmites au-dessus de 75 litres.
Ration individuelle d'ordinaire aux troupes casernées ne faisant pas usage de fourneaux économiques…	» 80	» 40		une ration par homme et par jour, avec double ration pour les sous-officiers et les parties prenantes traitées comme eux.
Ration individuelle d'ordinaire aux troupes en station logées chez l'habitant.	1 »	» 50	un par 20 rations.	
Ration individuelle d'ordinaire aux troupes campées ou baraquées…………	1 20	» 60		
2° Chauffage d'hiver. (dit rations de chambre.) Ration collective de chauffage des chambres. — Région chaude	20 »	12 »	trois par ration excepté pour les écoles régimentaires, qui n'ont droit qu'à un par poêle à chauffer.	
id. tempérée	25 »	15 »		
id. froide . .	30 »	18 »		
Ration individuelle de chauffage des chambres aux troupes casernées. — Région chaude	» 50	» 25		Idem.
id. tempérée	» 70	» 35		
id froide….	» 80	» 40	un par 20 rations.	
Ration individuelle de chauffage d'hiver aux troupes campées ou baraquées — Région chaude	1 »	» 50		
id. tempérée	1 20	» 60		
id. froide…				

Toute compagnie en possession d'une marmite dont la capacité est inférieure de dix litres à son effectif en hommes comptant à l'ordinaire, peut recevoir la ration individuelle concurremment avec la ration collective de l'ordinaire. Toutefois la perception de la ration individuelle n'est due qu'autant qu'il y a impossibilité de reverser en entier l'excédant en hommes sur un autre ordinaire du même corps, dont l'effectif des hommes comptant à l'ordinaire se trouverait au-dessous de la contenance de la marmite dont cet ordinaire fait usage.

DISTRIBUTIONS AUX CORPS-DE-GARDE.

Il y a quatre classes de corps-de-garde ; chacune d'elles est déterminée par le nombre d'hommes occupant les postes.

Cependant, et quel que soit l'effectif des hommes au-dessus de trois, les corps-de-garde de police des casernes et des corps sont toujours de troisième classe, lorsqu'un service étranger n'en exige pas impérieusement l'élévation a une classe supérieure.

L'officier commandant un poste n'a droit au chauffage qu'autant qu'il occupe une chambre séparée du poste de la troupe, et que cette chambre a un poêle ou une cheminée distincte ; si, au contraire, l'officier se tient dans le local de la troupe, ou si le poêle de ce local sert en même temps à la chambre de l'officier, il n'est point dû de chauffage pour celui-ci ; mais alors le corps-de-garde de la troupe reçoit le chauffage attribué à la première classe, lors même qu'il serait d'une classe inférieure.

TARIF DES ALLOCATIONS.

CLASSES des corps-de-garde.	SAISONS.	POSTES OCCUPÉS PENDANT LES 24 h.						POSTES OCCUPÉS DE JOUR SEULEMENT.						POSTES OCCUPÉS DE NUIT SEULEMENT.						OBSERVATIONS.
		BOIS.			Charbon de terre.			BOIS.			Charbon de terre.			BOIS.			Charbon de terre.			
		région chaude.	région tempérée.	région froide.	région chaude.	région tempérée.	région froide.	région chaude.	région tempérée.	région froide.	région chaude.	région tempérée.	région froide.	région chaude.	région tempérée.	région froide.	région chaude.	région tempérée.	région froide.	
1re CLASSE. 16 hommes et au-dessus.	Petit hiver	28	36	45	16	20	24	14	18	23	8	10	12	19	24	30	11	14	16	
	Moyen hiver	42	54	68	24	30	36	21	27	34	12	15	18	25	32	41	14	18	22	
	Plein hiver	56	72	90	32	40	48	28	36	45	16	20	24	28	36	45	16	20	24	
	Anticip. ou prolong. du pet. hiv.	19	24	30	11	13	16	10	12	15	6	7	8	13	16	20	8	9	11	
2e CLASSE. de 8 à 15 hom.	Petit hiver	24	30	38	13	17	19	12	15	19	7	9	10	16	20	25	9	11	13	
	Moyen hiver	36	45	56	20	25	29	18	23	28	10	13	15	22	27	34	12	15	17	
	Plein hiver	48	60	75	27	33	38	24	30	38	14	17	19	24	30	38	14	17	19	
	Anticip. ou prolong. du pet. hiv.	16	20	25	9	11	13	8	10	13	5	6	7	11	13	17	6	7	9	
3e CLASSE. de 3 à 7 h., et police des casern. et des corps à tout effectif au-dessus de 3.	Petit hiver	20	25	30	11	14	17	10	13	15	6	7	9	13	17	20	7	9	11	
	Moyen hiver	30	38	45	17	21	26	15	19	23	9	11	13	18	23	27	10	13	16	
	Plein hiver	40	50	60	22	28	34	20	25	30	11	14	17	20	25	30	11	14	17	
	Anticip. ou particip. du pet. hiv.	13	17	20	7	9	14	7	9	10	4	5	6	9	11	13	5	6	7	
4e CLASSE. 1 à 2 hommes, et ch. d'officier.	Petit hiver	17	21	25	9	12	15	9	11	13	5	6	8	11	14	17	6	8	10	
	Moyen hiver	25	32	38	14	18	23	13	16	19	7	9	12	15	19	22	8	11	14	
	Plein hiver	34	42	50	18	24	30	17	21	25	9	12	15	17	21	25	9	12	15	
	Anticip. ou prolong. du pet. hiv.	11	14	17	6	8	10	6	7	9	3	4	5	7	9	11	4	5	7	

Nota. Il est alloué, en charbon de terre, un fagot d'allumage par jour et par corps-de-garde.

ÉCLAIRAGE DES CORPS-DE-GARDE.

L'éclairage est toujours dû pour l'officier commandant un poste, soit qu'il occupe une chambre distincte, soit qu'il se tienne dans le local occupé par la troupe.

L'éclairage du corps-de-garde est le même pour toutes les classes, il est assuré partout (excepté en Corse) en chandelles de seize au kilogramme. En Corse il est fourni de l'huile.

Les distributions ont lieu chaque jour, savoir :

1° A raison de trois chandelles ou de dix-huit décagrammes d'huile par poste.

Du 1er septembre au 31 mars inclus (saison d'hiver).

2° A raison de deux chandelles ou de douze décagrammes d'huile par poste, du 1er avril au 31 août inclus (saison d'été).

Il est accordé, en outre (excepté en mai, juin et juillet) une chandelle ou six décagrammes d'huile à chacun des postes qui sont tenus de fournir la lumière pour les rondes de nuit. La lumière pour rondes de nuit est destinée spécialement et exclusivement aux besoins des rondes que font, notamment dans les places de guerre et dans les grands établissements militaires, des officiers ou des sous-officiers avec des falots, ainsi l'allocation n'est due qu'aux postes qui fournissent la lumière pour ces falots et ce n'est que pour ces seuls postes que l'on doit autoriser la fourniture.

ÉCLAIRAGE DES BATIMENTS MILITAIRES.

L'éclairage pour la nuit entière commence une demi-heure après le coucher du soleil, et finit une demi-heure avant son lever. Il est par conséquent entretenu à chaque époque pendant le nombre d'heures indiqué ci-après :

	d'allumage le soir.		d'extinction le matin.		durée de la lumière.
	HEURES.		HEURES.		HEURES.
Du 1er au 15 janvier inclusiv..	4	1/2	7	1/2	15
Du 16 au 31 dudit.	5	»	7	»	14
Du 1er au 15 février inclus . .	5	1/2	6	1/2	13
Du 16 à la fin dudit	6	»	6	»	12
Du 1er au 15 mars inclus . . .	6	1/2	5	1/2	11
Du 16 au 31 dudit.	7	»	5	»	10
Du 1er au 15 avril inclus . . .	7	1/2	4	1/2	9
Du 16 au 30 dudit.	8	»	4	»	8
Du 1er au 15 mai.	8	1/2	3	1/2	7
Du 16 mai au 15 juillet inclus.	9	»	3	»	6
Du 16 juillet au 31 dudit . . .	8	1/2	3	1/2	7
Du 1er au 15 août inclus. . . .	8	»	4	»	8
Du 16 au 31 dudit.	7	1/2	4	1/2	9
Du 1er au 15 septembre inclus.	7	»	5	»	10
Du 16 au 30 dudit	6	1/2	5	1/2	11
Du 1er au 15 octobre inclus . .	6	»	6	»	12
Du 16 au 31 dudit	5	12	6	1/2	13
Du 1er au 15 novembre inclus.	5	»	7	»	14
Du 16 novembre au 31 décemb.	4	1/2	7	1/2	15

L'éclairage des forts, citadelles, camps, prisons, et autres bâtiments militaires doit toujours être autorisé par le ministre, sur le rapport des intendants militaires, pour constater la nécessité de l'éclairage.

TARIF DE SOLDE DES OFFICIERS DES RÉGIMENTS D'INFANTERIE,

D'après l'ordonnance du 5 décembre 1840.

PAR JOUR.	COLONEL.	LIEUTE-NANT-COLONEL.	CHEF DE BATAILLON ou major.	CAPI-TAINE de 1re classe.	CAPI-TAINE de 2e classe.	LIEUTE-NANT de 1re classe.	LIEUTE-NANT de 2e classe.	PORTE-DRAPEAU.	SOUS-LIEUTE-NANT.	OBSERVA-TIONS.
Solde. en station ou en campagne...	fr. c. 13 88.8	fr. c. 11 94 4	fr. c. 10 »	fr. c. 6 66.6	fr. c. 5 55.5	fr. c. 4 44.4	fr. c. 4 02.7	fr. c. 3 88.8	fr. c. 3 75	
en marche, en corps ou en détachement	18 88.8	16 94.4	14 »	9 66 6	8 55.5	6 94.4	6 52.7	6 38.8	6 25	
en semestre ou en congé....	6 94.4	5 97.2	5 »	3 33.3	2 77.7	2 22.2	2 01.3	1 94.4	1 87.5	
à l'hôpital.....	10 88.8	8 94.4	7 »	4 66.6	3 55.5	2 94.4	2 52.7	2 38.8	2 50	
à l'hôpital étant en congé ou en semestre avec solde..	3 94.4	2 97.2	2 »	1 33.3	» 77 7	» 72.2	» 51.3	» 44.4	- 62.5	
en captivité...	6 94.4	5 97.2	5 »	2 77.7	2 77.7	2 01.3	2 01.3	2 »	1 87.5	
Supplément dans Paris..........	2 77 7	2 38.8	2 »	1 66.6	1 38.8	1 34.2	1 34.2	1 29.6	1 25	
Solde. par an....	5000 »	4300 »	3600 »	2400 »	2000 »	1600 »	1450 »	1400 »	1350 »	
Solde. par mois..	416 66.6	358 33.3	300 »	200 »	166 66.6	133 33.3	120 83.3	116 66.6	112 50	

TARIF DES INDEMNITÉS DE LOGEMENT ET D'AMEUBLEMENT.

DÉSIGNATION des GRADES.	LOGEMENT.			AMEUBLEMENT.		
	PAR AN.	PAR MOIS.	PAR JOUR.	PAR AN.	PAR MOIS.	PAR JOUR.
	fr. c.	fr. c.	fr. c. m.	fr. c.	fr. c. m.	fr. c. m.
Colonel	960 »	80 »	2 66 6	320 »	26 66 6	» 88 8
Lieutenant-Colonel	840 »	70 »	2 33 3	280 »	23 33 3	» 77 7
Chef de bataillon et Major	720 »	60 »	2 » »	240 »	20 » »	» 66 6
Trésorier. { Indemnité personnelle	360 »	30 »	1 » »	180 »	15 » »	» 50 »
Id. pour l'emplacement du bureau	216 »	18 »	» 60 »	108 »	9 » »	» 30 »
Officier payeur en fonctions { Indemnité personnelle	» »	» »	» » »	» »	» » »	» » »
près d'une portion de corps. { Id. pour le bureau	120 »	10 »	» 33 3	60 »	5 » »	» 16 6
Officier d'ha- { Indemnité personnelle	360 »	30 »	1 » »	180 »	15 » »	» 50 »
billement. { Id. pour l'emplacement du bureau	120 »	10 »	» 33 3	60 »	5 » »	» 16 6
Capitaine, Adjudant-Major et Chirurgien-Major	360 »	30 »	1 » »	180 »	15 » »	» 50 »
Lieutenant, Sous-Lieutenant et Chirurgier aide-major	240 »	20 »	» 66 6	120 »	10 » »	» 33 3

TARIF DE SOLDE DE LA TROUPE (5 décembre 1840).

DÉSIGNATION DES GRADES.	DE PRÉSENCE.									D'ABSENCE.						SUPPLÉMENT		
	Avec ou sans vivres de campagne.			En station avec le pain.			En marche avec le pain.			En semestre ou en congé.			A l'hôpital.			Dans Paris.		
	fr.	c.	m.	fr.	c.	m.	fr.	c.	m.	fr.	c.	m.	fr.	c.	m.	fr.	c.	m.
Adjudant Sous-Officier	1	88	»	2	03	»	2	88	»	»	80	»	»	53	5	»	54	»
Tambour-Major	»	98	»	1	13	»	1	38	»	»	30	»	»	»	»	»	22	»
Caporal-Tambour	»	53	»	»	68	»	»	78	»	»	12	5	»	10	»	»	12	»
Caporal-Sapeur	»	46	»	»	61	»	»	71	»	»	15	»	»	»	»	»	15	»
Sapeur	»	50	»	»	43	»	»	55	»	»	07	5	»	»	»	»	07	5
Musicien Soldat (la solde de fusilier)	»	»	»	»	»	»	»	»	»	»	»	»	»	»	»	»	»	»
Maîtres — Armurier	»	60	»	»	75	»	»	95	»	»	21	»	»	»	»	»	14	8
Maîtres — Tailleur ou Cordonnier	»	25	»	»	40	»	»	50	»	»	03	»	»	»	»	»	05	»
Compagnies d'élite — Sergent-Major	1	03	»	1	18	»	1	43	»	»	52	5	»	»	»	»	24	»
Compagnies d'élite — Sergent et Fourrier	»	70	»	»	85	»	1	05	»	»	26	»	»	»	»	»	18	8
Compagnies d'élite — Caporal	»	46	»	»	64	»	»	71	»	»	15	»	»	»	»	»	15	»
Compagnies d'élite — Soldat	»	50	»	»	45	»	»	55	»	»	07	5	»	»	5	»	07	8
Compagnies d'élite — Tambour	»	40	»	»	55	»	»	65	»	»	07	5	»	10	»	»	07	5
Compagnies du centre — Sergent-Major	»	98	»	1	13	»	1	38	»	»	50	»	»	»	»	»	22	»
Compagnies du centre — Sergent et Fourrier	»	60	»	»	75	»	»	95	»	»	21	»	»	»	»	»	14	8
Compagnies du centre — Caporal	»	41	»	»	56	»	»	66	»	»	12	5	»	»	»	»	12	5
Compagnies du centre — Soldat	»	25	»	»	40	»	»	50	»	»	05	»	»	»	»	»	05	»
Compagnies du centre — Tambour	»	35	»	»	55	»	»	60	»	»	05	»	»	10	»	»	05	»
Enfant de troupe — Avant l'âge de 14 ans	»	»	»	»	25	»	»	45	»	»	»	»	»	»	»	»	07	5
Enfant de troupe — A l'âge de 14 ans	»	25	»	»	40	»	»	50	»	»	»	»	»	»	»	»	05	»

TARIF DES HAUTES PAIES.

	Nombre des chevrons.		
	Après 7 ans.	Après 11 ans.	Après 13 ans.
	1	2	3
Pour ancienneté de service — Sous-Officiers	10	15	20
Pour ancienneté de service — Caporaux et Soldats	08	10	15

Les hommes de revue avant leur arrivée au corps et quand ils voyagent en détachement, reçoivent avec le pain, une solde spéciale qui est uniformément fixée à cinquante-cinq centimes par jour.

Lorsque les enfants de troupe reçoivent les vivres de campagne, il est fait sur leur solde journalière une retenue de quinze centimes.

RETENUES POUR JOURNÉES D'HOPITAL.

Officiers supérieurs.	3 fr.	»	par jour.
Capitaines.	2	»	—
Lieutenants..	1	50 c.	—
Sous-Lieutenants..	1	25	—

TARIF DES SUBSISTANCES.

La ration de Pain   est de 75 décagrammes (1 livre 1/2).

—	Biscuit	— 55	id.	(18 onces).
—	Viande fraîche	— 25	id.	(8 onces).
—	Bœuf salé	— 25	id.	(8 id.).
—	Lard	— 20	id.	(6 id.).
—	Riz	— 3	id.	(1 id.).
—	Légumes secs	— 6	id.	(2 id.).
—	Sel	— 16 grammes		(1/30e de livre).
—	Vin	— 25 centilitres		(1/4 de litre).
—	Eau de-vie	— 6	id.	(1/16e de litre).
—	Vinaigre	— 5	id	(1/20e id.).

La ration de fourrage est sur le
- Pied de paix et de rassemblement.
  - 4 kilogrammes foin.
  - 5 id. paille.
  - 3 id. avoine.
- Pied de guerre.
  - 5 id. foin.
  - 4 id. paille.
  - 3 id. 80 déc avoine ou orge
- En route.......
  - 5 id. foin.
  - 4 id. paille.
  - 5 id. 80 déc. avoine.

DIVISIONS MILITAIRES.	
N^{os} DES DIVISIONS.	**CHEFS-LIEUX.**
1re	PARIS (Seine).
2^e	LILLE (Nord).
3^e	METZ (Moselle).
4^e	STRASROURG (Bas-Rhin).
5^e	BESANÇON (Doubs).
6^e	LYON (Rhône).
7^e	MARSEILLE (Bouches-du-Rhône).
8^e	MONTPELLIER (Hérault).
9^e	PERPIGNAN (Pyrénées-Orientales).
10^e	TOULOUSE (Haute-Garonne).
11^e	BAYONNE (Basses-Pyrénées).
12^e	BORDEAUX (Gironde).
13^e	CLERMONT (Puy-de-Dôme).
14^e	NANTES (Loire-Inférieure).
15^e	RENNES (Ille et-Vilaine).
16^e	CAEN (Calvados).
17^e	BASTIA (Corse).

TABLEAU DES EFFETS D'HABILLEMENT
QUE LES HOMMES EMPORTENT EN CAS DE MUTATION.

DÉSIGNATION des CATÉGORIES.		Capotes.	habits ou tun.		Vestes.	Pantalons.	Bonnets de pol.	Shakos.	OBSERVATIONS.
			Gr. ten.	Pct. ten.					
Sous-officier promu s.-lieut.		»	1	1	»	1	1	»	Les adjudants sous-officiers et les maîtres ouvriers emportent la totalité des effets dont l'entretien et le remplacement sont à leur compte. Les effets emportés par un homme passant d'un corps dans un autre, doivent être maintenus en service jusqu'à l'expiration de la durée légale.
Hommes admis à la retraite............	S-offic.,	1	1	1	»	1	1	1	
	soldats.	1	1	»	1	1	1	1	
Congédiés ou réformés par suite de blessures ou d'infirmités contractées au service ou envoyés en congé illimité...............	S.-offic.,	»	1	1	»	1	1	»	
	soldats.	»	1	»	1	1	1	»	
Semestriers........ (les semestriers emportent en outre le sabre et le baudrier)..........	S.-offic.,	»	1	1	»	1	1	1	
	soldats.	»	1	»	1	1	1	1	
Renvoy. dans leurs foyers pour inaptitude au service. Passant d'un corps de quelque arme que ce soit dans une compagnie de discipline et *vice versa*, détenus mis en jugement.	S.-offic.,	»	»	1	»	1	1	»	
	soldats.	»	»	»	1	1	1	»	
Passant d'un corps de ligne dans la gendarmerie ou dans la garde républicaine.........	S.-offic.,	»	»	1	»	1	1	»	
	soldats.	»	»	»	1	1	1	»	
Passant d'un corps dans un autre dont l'uniforme est le même sauf quelques accessoires...............	S.-offic.,	1	1	1	»	1	1	»	
	soldats.	1	1	»	1	1	1	»	
Passant d'un corps dans un autre dont l'uniforme est différent...............	S.-offic.,	»	»	1	»	1	1	»	
	soldats.	»	»	»	1	1	1	»	
Remplacés ayant acquitté le montant de l'indemnité d'habillem...	S.-offic.,	1	1	1	»	1	1	1	
	soldats.	1	1	»	1	1	1	1	
Sergent-Major promu adjudt.		1	1	1	»	1	1	1	

41ᵉ RÉGIMENT DE LIGNE.

Détachement commandé par M.

COMPTE *de clerc à maître avec M. le Trésorier ou l'Officier-Payeur.*

DATES.	DÉTAIL DES RECETTES ET DÉPENSES.	RECETTES	DÉPENSES
	TOTAUX........		
	DÉDUIRE les dépenses......		
1ᵉʳ janvier 1850....	IL RESTÉ EN CAISSE....		

Certifié le présent compte, duquel il résulte qu'il reste entre mes mains, au 1ᵉʳ janvier 1850, la somme de (en toutes lettres).

A , le 18

Le Commandant du détachement,

41° RÉGIMENT DE LIGNE.

Détachement commandé par M.   (grade).

ÉTAT des Mutations et Mouvements survenus parmi les hommes, du   au   1850.

OFFICIERS, SOUS-OFFICIERS ET SOLDATS.

NUMÉROS				NOMS et PRÉNOMS.	GRADES.	DÉTAIL des MUTATIONS et mouvements.	SITUATION de LA MASSE.		OBSERVATIONS
Bataillons.	Compagnies.	Matricules.	Annuels.				Avoir.	Redu.	
									En cas de mort, de radiation, et dans tous les cas d'absence , on porte à la suite de la mutation de l'homme la situation de sa masse individuelle. Cette formalité est de rigueur.

Certifié par nous, commandant du détachement,

A   , le   18

LOI SUR LES ATTROUPEMENTS.

7 juin 1848.

La Commission du Pouvoir exécutif a proposé,

L'Assemblée Nationale a adopté,

La Commission du Pouvoir exécutif promulgue le décret dont la teneur suit :

ARTICLE 1er. Tout attroupement armé formé sur la voie publique est interdit.

Est également interdit sur la voie publique, tout attroupement non armé, qui pourrait troubler la tranquillité publique.

ART. 2. L'attroupement est armé,

1° Quand plusieurs des individus qui le composent sont porteurs d'armes apparentes ou cachées ;

2° Lorsqu'un seul de ces individus, porteurs d'armes apparentes, n'est pas immédiatement expulsé de l'attroupement par ceux là mêmes qui en font partie.

ART. 3. Lorsqu'un attroupement armé ou non armé se sera formé sur la voie publique, le maire ou un de ses adjoints, à leur défaut le commissaire de police, ou tout autre agent ou dépositaire de la force publique et du Pouvoir exécutif, portant l'écharpe tricolore se rendra sur le lieu de l'attroupement.

Un roulement de tambour annoncera l'arrivée du Magistrat.

Si l'attroupement est armé, le Magistrat lui fera sommation de se dissoudre et de se retirer.

Cette première sommation restant sans effet, *une seconde sommation, précédée d'un roulement de tambour* sera faite par le Magistrat.

En cas de résistance, il sera fait usage de la force.

Si l'attroupement est sans armes, le Magistrat après le premier roulement de tambour, exhortera les citoyens à se disperser. S'ils ne se retirent pas, trois sommations seront successivement faites.

En cas de résistance, l'attroupement sera dissipé par la force.

Les poursuites pour délits et crimes d'attroupement seront portées devant la Cour d'assises.

LOI SUR LES PENSIONS.

11 avril 1831.

ARTICLE 1er. Le droit à la pension de retraite par ancienneté est acquis à trente ans accomplis de service effectif.

ART. 2. Les années de services, pour la pension militaire de retraite, se comptent de l'âge où la loi permet de contracter un engagement volontaire.

ART. 3. Le service des marins incorporés dans l'armée de terre leur est compté pour le temps antérieur à cette incorporation, d'après les lois qui régissent les pensions de l'armée de mer.

ART. 4. Est compté pour la pension militaire de retraite le temps passé dans un service civil qui donne droit à pension, pourvu toutefois que la durée des services militaires soit au moins de vingt ans.

ART. 5. Il est compté quatre années de service effectif, à titre d'études préliminaires, aux élèves de l'Ecole polytechnique, au moment où ils entrent comme officiers dans les armes spéciales.

ART. 6. Le temps passé hors de l'activité, avec jouissance d'une pension de retraite, ne peut entrer dans la supputation du service effectif.

Il en est de même du temps pendant lequel une pension militaire aura été cumulée avec la solde d'activité dans les corps détachés de la garde nationale, comme auxiliaires de l'armée, à moins que le pensionnaire n'ait acquis dans ces corps, et par les causes énoncées ci-après, des droits à une pension plus élevée, ou qu'il n'y ait fait campagne, auquel cas il jouira du bénéfice de l'art. 7.

Art. 7. Les militaires qui auront le temps de service exigé par les articles précédents pour la pension d'ancienneté, seront admis à compter en sus les années de campagne d'après les règles suivantes.

Sera compté pour la totalité, en sus de sa durée effective, le service militaire qui aura été fait,

1° Sur le pied de guerre,

2° Dans un corps d'armée occupant un territoire étranger, en temps de paix ou de guerre,

3° A bord, pour les troupes embarquées en temps de guerre maritime.

4° Hors d'Europe, en temps de paix, pour les militaires envoyés d'Europe : le même service en temps de guerre leur sera compté pour le double en sus de sa durée effective,

Sera compté de la même manière le temps de captivité, à l'étranger, des militaires prisonniers de guerre.

Sera compté pour moitié en sus de sa durée effective,

1° Le service militaire sur la côte en temps de guerre maritime.

2° Le service à bord, pour les troupes embarquées en temps de paix.

Art. 8. Dans la supputation des bénéfices attachés aux campagnes par l'art. 7, chaque période dont la durée aura été moindre de douze mois, sera comptée comme une année accomplie.

Néanmoins il ne peut être compté plus d'une année de campagne dans une période de douze mois.

La fraction qui excèdera chaque période dont la durée aura été de plus d'une année, sera comptée comme une année entière.

La pension d'ancienneté se règle sur le grade dont le militaire est titulaire.

Si néanmoins il demande sa retraite avant d'avoir au

moins deux ans d'activité dans ce grade, la pension se règle sur le grade immédiatement inférieur.

La pension de retraite de tout officier, sous-officier et caporal ayant douze ans accomplis d'activité dans son grade, est augmentée du cinquième.

Dans ce cas spécial le bénéfice du présent article est acquis aux officiers, sous-officiers et caporaux qui ont droit au maximum déterminé par le tarif.

PENSION DES VEUVES.

La pension des veuves des militaires est fixée au quart du maximum de la pension d'ancienneté affectée au grade dont le mari est titulaire, quelle que soit la durée de son activité dans ce grade.

Néanmoins la pension des veuves des Maréchaux de France est fixée à six mille francs.

Celles des veuves des caporaux et soldats ne sera pas moindre de cent francs.

TARIF DES PENSIONS.

GRADES.	MAXIMUM A 30 ANS de SERVICE effectif.		POUR Chaque Année de SERVICE au delà DE 30 ANS, et pour Chaque Année de CAMPAGNE.		MAXIMUM A 50 ANS de SERVICE, CAMPAGNES comprises.		PENSIONS aux VEUVES. Le Quart du MAXIMUM de la PENSION du MARI.	
	F.	C.	F.	C.	F.	C.	F.	C.
Lieutenant-général ..	4,000	»	100	»	6,000	»	1,500	»
Maréchal-de-camp ...	3,000	»	50	»	4,000	»	1,000	»
Colonel.............	2,400	»	30	»	3,000	»	750	»
Lieutenant-colonel...	1,800	»	30	»	2,400	»	600	»
Chef de bataillon ou Major............	1,500	»	25	»	2,000	»	500	»
Capitaine	1,200	»	20	»	1,600	»	400	»
Lieutenant..........	800	»	20	»	1,200	»	300	»
Sous-lieutenant......	600	»	20	»	1,000	»	250	»
Adjudant sous-officier.	400	»	10	»	600	»	150	»
Sergent-major.......	300	»	10	»	500	»	125	»
Sergent.............	250	»	7	50	400	»	100	»
Caporal............	220	»	6	»	340	»	100	»
Soldat.............	200	»	5	»	300	»	100	»

AVANCEMENT DANS L'ARMÉE.

La loi du 14 avril 1832 règle de la manière suivante le mode d'avancement dans l'armée.

SAVOIR :

Le soldat ne peut devenir caporal qu'après six mois de service ;

Le caporal ne peut devenir sous-officier qu'après six mois de grade ;

Le sous-officier ne peut devenir sous-lieutenant qu'après deux ans de grade ;

Le sous-lieutenant ne peut devenir lieutenant qu'après deux ans de grade ;

Le lieutenant ne peut devenir capitaine qu'après deux ans de grade ;

Le capitaine ne peut devenir chef de batailllon ou major qu'après quatre ans de grade ;

Le chef de bataillon ou major ne peut devenir lieutenant-colonel qu'après trois ans de grade ;

Le lieutenant-colonel ne peut devenir colonel qu'après deux ans de grade ;

Le colonel ne peut devenir maréchal de camp qu'après trois ans de grade ;

Le maréchal de camp ne peut devenir lieutenant-général qu'après trois ans de grade.

A la guerre ou dans les colonies, le temps exigé pour passer d'un grade à un autre, peut être réduit de moitié.

Il peut être dérogé d'un grade à ces conditions :

1° Pour une action d'éclat dûment justifiée et misé à l'ordre du jour de l'armée.

2° Lorsqu'il n'est pas possible de pourvoir autrement au remplacement des vacances en présence de l'ennemi.

CONDITIONS A REMPLIR POUR OBTENIR DE L'AVANCEMENT.

Pour être nommé *Caporal*, il faut avoir servi activement pendant six mois au moins dans un des corps de l'armée;

Savoir lire et écrire;

Connaître les fonctions de ce grade définies dans les règlements sur le service intérieur, le service des places et celui des armées en campagne, ainsi que les principales dispositions du code pénal militaire.

Pour être nommé *Sergent*, il faut avoir servi six mois au moins dans le grade de caporal.

Connaître les fonctions de sergent définies dans les règlements sur les manœuvres, sur le service intérieur, le service des places et celui des armées en campagne.

Pour être nommé à l'emploi de *Fourrier*, il faut indépendamment des conditions exigées ci-dessus.

1° Savoir écrire couramment et correctement sous la dictée ;

2° Connaître les éléments de la grammaire et ceux de la comptabilité d'une compagnie.

Pour être nommé *Sergent-Major*, il faut avoir au moins six mois de grade de sous-officier, et avoir exercé pendant trois mois les fonctions de sergent de section. Il faut en outre connaître les détails de la comptabilité d'une compagnie, ainsi que les devoirs du sergent-major définis dans les règlements sur le service intérieur, le service des places et celui des armées en campagne.

ÉCHANGE DES DRAPS DE LIT.

Les draps de lits sont changés, savoir :

Ceux des fournitures d'officier. { du 1er mai au 30 septembre, tous les 15 j.
du 1er octobre au 30 avril, tous les 20 j.

Ceux des fournitures de soldat. { du 1er mai au 30 septembre, tous les 20 j.
du 1er octobre au 30 avril, tous les 30 j.

Ceux des fournitures et des demi-fournitures affectées aux infirmeries régimentaires, seront échangés aux mêmes époques que ceux des lits de soldats, sauf les exceptions suivantes :

1° A chaque mutation de malade, il est fourni des draps blancs ;

2° Lorsque par la nature de la maladie dont un homme est atteint, l'officier de santé juge nécessaire de faire échanger les draps de lit plus fréquemment.

Les draps délivrés dans le courant de septembre devront rester en service quinze jours, si ce sont des draps d'officier, et vingt jours si ce sont des draps de soldat, quand même l'époque de l'échéance échérait en octobre : par la même raison, ceux de même espèce délivrés en avril, devront rester vingt ou trente jonrs en service, quoique la date de l'échéance arrive en mai.

ÉCHANGE DES SERVIETTES.

L'échange des serviettes qui font partie de l'ameublement d'officiers et de l'ameublement d'adjudants sous-officiers a lieu toutes les semaines.

ÉPOQUE DE REBATTAGE DES MATELAS ET TRAVERSINS.

Les matelas et traversins des fournitures d'officiers, ainsi que ceux d'infirmerie sont rebattus tous les ans, ceux des fournitures de soldat le sont tous les dix-huit mois, quel que soit du reste le temps pendant lequel ces matelas et traversins ont été occupés depuis le dernier rebattage.

Nonobstant cette manutention périodique, les matelas et traversins des lits d'infirmerie sont rebattus, les enveloppes et la laine lavées et assainies, toutes les fois que l'officier de santé du corps en reconnaît la nécessité, et qu'un fonctionnaire de l'intendance militaire en donne l'ordre.

Pour constater d'une manière légale les époques auxquelles ont lieu les rebattages, il est apposé sur chaque matelas et sur chaque traversin un numéro d'ordre par place de fixation, ainsi qu'une empreinte indiquant l'année et le trimestre pendant lesquels les effets ont été rebattus.

PAILLE DE COUCHAGE ET DE BARAQUEMENT.

La paille de couchage se distribue à raison d'une botte de cinq kilogrammes par homme, tous les quinze jours et à chaque changement de position, en paille longue, ou de sept kilogrammes pour le même temps en paille courte et dépiquée sous les pieds des chevaux.

Corps-de garde n'ayant pas de lit de camp.			
1re classe.	Tous les 15 jours.	20 bottes de 5 kilog.
2e Id.	Id.	12 Id.
3e Id.	Id.	6 Id.

La paille de baraquement se distribue à raison de quarante bottes de cinq kilogrammes par régiment ou bataillon pour les abris-vents de la garde du camp.

TEMPS VOULU POUR ÊTRE DÉCLARÉ DÉSERTEUR.

Temps de paix.

HOMMES AYANT PLUS DE SIX MOIS DE SERVICE.

1° Trois fois vingt-quatre heures, sous-officiers ou soldat qui abandonne son corps dans un camp ou dans une place de guerre, huit jours dans tout autre lieu ;

2° Quinze jours pour celui qui ne rentre pas à l'expiration de son congé. (Art. 74 de l'acte du gouvernement du 19 vendémiaire an XII.)

HOMMES AYANT MOINS DE SIX MOIS DE SERVICE.

1° Quinze jours pour ceux qui s'absentent illégalement d'un camp ou d'une place de guerre. Un mois dans tout autre lieu ;

2° Un mois est aussi accordé à celui qui ne rejoint pas à l'expiration de son congé. (Art. 74 de l'acte du gouvernement du 19 vendémiaire an XII et loi du 21 mars 1831.)

Temps de guerre.

HOMMES AYANT PLUS OU MOINS DE SIX MOIS DE SERVICE.

1° Vingt-quatre heures pour le sous-officier ou soldat qui, à l'armée ou dans une place de guerre abandonne son drapeau ;

2° Quarante-huit heures pour celui qui s'absente illégalement étant placé dans l'intérieur ou dans une garnison autre qu'une place de guerre ;

3° Huit jours pour celui qui n'a pas rejoint son corps à l'expiration de son congé ou de sa permission et qui ne peut justifier des causes légitimes de son absence. (Art. 73 de l'acte du gouvernement du 19 vendémiaire an XII.)

Enfin en temps de guerre comme en temps de paix, les engagés volontaires et les hommes de nouvelle levée qui ne rejoignent pas leurs corps dans les délais prescrits sont réputés insoumis après un mois d'insoumission.

HABILLEMENT.

Division des effets en deux catégories.

Ordonnance du 10 mai 1844.

Les effets d'habillement, de coiffure et de grand équipement sont divisés en deux catégories. Ils sont classés sous les titres de première et de deuxième catégorie.

Supputation de la durée des effets.

La durée réglementaire des effets de la première catégorie est supputée par trimestre, depuis et y compris celui où la distribution en est faite par le magasin d'habillement.

Lorsque les effets rentrent en magasin avant d'avoir accompli leur durée réglementaire, elle est suspendue à compter du trimestre qui suit celui de sa réintégration.

Elle n'est pas suspendue pour les effets déposés en magasin par les hommes entrant dans une position d'absence.

La durée des effets de la deuxième catégorie, de ceux de harnachement, des armes et des instruments de musique, est supputée par année et n'est pas suspendue par suite de réintégrations en magasin.

Mode de remplacement des effets, armes et instruments.

Les effets de la 1ʳᵉ catégorie sont remplacés au terme de leur durée réglementaire.

Les effets de la deuxième catégorie, ceux de harnachement, les armes et les instruments de musique, ne sont remplacés qu'après avoir atteint le terme de la durée réglementaire, *et seulement lorsqu'ils ont été réformés.*

Le remplacement des effets, des armes et des instruments de musique, perdus ou hors de service, s'opère dès que le fait a été dûment constaté.

Mode de distribution des effets à titre de première mise.

Les hommes nouvellement immatriculés sont habillés et équipés dès leur arrivée au corps.

Les effets en cours de durée sont distribués aux jeunes soldats et aux remplaçants, s'il en existe en magasin qui puissent être ajustés à leur taille.

Les effets neufs sont préférablement donnés aux enrolés volontaires et aux hommes venant d'autres corps ou de la réserve.

Exceptions pour les hommes qui doivent être renvoyés ou réformés.

Les hommes qui sont présumés devoir être renvoyés dans leurs foyers ou réformés à la première revue trimestrielle, ne reçoivent que les effets qui leur sont rigoureusement nécessaires, et qui sont pris parmi ceux en cours de durée, ou même dont la durée est accomplie.

Distribution d'effets à titre de remplacement.

Les anciens soldats reçoivent, autant que possible, des effets neufs à titre de remplacement.

Les hommes qui doivent quitter le corps ne reçoivent pas d'effets de remplacement.

Aucun remplacement n'a lieu dans le trimestre qui précède celui de la libération.

Les hommes qui sont désignés ou proposés pour quitter le corps avant l'époque de la libération, soit par congé illimité, soit par toute autre cause emportant radiation des contrôles annuels, ne reçoivent pas d'effets de remplacement à partir de l'époque de la notification de l'ordre d'après lequel doit s'opérer cette radiation.

Ces dispositions ne sont applicables ni aux militaires en instance pour obtenir la pension de retraite, ni à ceux qui doivent être libérés aux armées.

Remplacement des effets apportés par les hommes rappelés de la réserve.

Les effets à l'uniforme du corps, apportés par les hommes rappelés de la réserve, ne sont remplacés qu'à l'expiration de leur durée réglementaire, à moins que le sous-intendant militaire, après avoir procédé à leur examen concurremment avec le conseil d'administration, n'en approuve le remplacement anticipé.

La distribution des effets de la première catégorie date du trimestre pendant lequel elle a été faite.

La distribution des effets de la première catégorie date toujours du trimestre pendant lequel elle est faite par l'officier d'habillement, alors même qu'elle n'a lieu que postérieurement aux époques déterminées, soit que les hommes à qui les effets revenaient à ces époques aient alors été absents, malades ou détenus, soit que la situation du magasin n'ait pas permis de les leur délivrer.

Effets essayés aux hommes (cas de contestation).

Les effets sont essayés aux hommes, dans le magasin, au moment de la distribution et en présence du commandant de la compagnie.

En cas de contestation entre cet officier et l'officier d'habillement le major prononce.

Echanges d'effets délivrés.

Les effets d'habillement, de coiffure et de grand équipement délivrés par le magasin d'habillement ne peuvent y être échangés qu'en vertu des ordres du commandant du corps ou de la portion du corps.

Marques à apposer sur les effets de la 1re catégorie.

Les effets de la première catégorie sont marqués au magasin d'habillement, du numéro du trimestre et de l'année de leur distribution, au moment où ils sont délivrés; le numéro matricule de l'homme qui les reçoit est appliqué dans les compagnies par les soins des capitaines.

Ceux qui rentrent au magasin après avoir déjà fait une partie de leur durée reçoivent, en outre, au-dessous de ce numéro, le timbre du trimestre de leur réintégration en magasin avec la lettre R. (réintégré).

Lorsqu'ils sont remis en service, l'officier d'habillement fait ajouter au timbre de la nouvelle distribution, le chiffre indicatif du nombre de trimestres de durée restant à parcourir, et il le fait inscrire sur les bons au moment de la distribution.

Marques à apposer sur les effets de la 2e catégorie.

Les effets de la deuxième catégorie, les effets de harnachement et les instruments de musique sont marqués du millésime de l'année de leur première mise en service, et d'un numéro de série qui y est apposé au moment de leur réception au magasin.

Il y a une série distincte pour chaque sorte d'effets ou d'instruments.

Les armes ne sont marquées que d'un numéro de série.

Les effets, armes ou instruments, qui remplacent ceux qui ont été classés hors de service, prennent les numéros laissés vacants dans chacune des séries auxquelles ils appartiennent respectivement.

Réapposition des marques.

Les commandants de compagnie doivent, *sous leur responsabilité personnelle*, faire réapposer les marques qui disparaissent par suite de réparations ou d'accidents, et celles qui cessent d'être assez apparentes.

Destination des galons réintégrés au magasin sans les effets.

Les galons d'or ou d'argent, réintégrés au magasin d'habillement sans les effets sur lesquels ils étaient posés, *sont réservés pour les habits de petite tenue*. à moins que le major n'ordonne qu'en raison de leur mauvais état ils soient classés horsde service.

Effets, Armes et Instruments qui doivent être classés hors de service.

Les effets de la première et de la deuxième catégorie, ceux de harnachement, les armes et les instruments de musique, *remplacés ou réformés, et les effets des hommes venus d'autres corps,* qui ne peuvent servir ni pour la grande ni pour la petite tenue, sont classés hors de service. Les galons de laine sont toujours classés hors de service.

Dispositions spéciales aux pantalons et aux galons.

Les pantalons seuls restent, à l'expiration de leur durée réglementaire la propriété des hommes qui néanmoins ne peuvent en disposer qu'avec l'autorisation de leur capitaine. Cette autorisation ne peut leur être donnée que lorsque le second pantalon (le dernier délivré a été remplacé).

Les galons d'or ou d'argent apposés sur les effets réformés, soit des sous-officiers, soit des musiciens, sont détachés de ces effets au moment de leur réintégration en magasin: il en est fait deux lots, composés : l'un des galons en assez bon état pour être remis en service, et l'autre, de ceux qui ne peuvent plus être employés. Les galons qui composent le premier lot, et dont il est fait recette au compte des effets en cours de durée sont affectés à la petite tenue des hommes promus sous-officiers ou nommés musiciens. Les autres, dont on fait recette pour leur poids, au compte des effets hors de service, sont livrés aux préposés du domaine.

Empreinte à mettre sur les effets hors de service.

Les effets de toute nature hors de service sont timbrés, lors du versement au magasin, des lettres H. S.

Destination des effets et des armes hors de service.

Les effets hors de service sont utilisés en partie ;

1º Pour l'habillement des enfants de troupe et les réparations;

2º Pour l'échange des effets des hommes quittant le corps, lorsque la durée réglementaire de ceux dont ils sont pourvus est accomplie et que leur état de dégradation rend cet échange indispensable;

3º Pour les services de l'artillerie, des hôpitaux ou ambulances et des prisons.

Ceux qui ne sont affectés à aucun de ces usages doivent, ainsi que les instruments de musique hors de service, être livrés à l'administration du domaine; mais aux armées, ils sont vendus par les soins de l'intendance, et le produit en est remis au payeur, contre quittance, pour le compte de cette administration.

Les boutons qui peuvent encore servir sont retirés des effets par le maître tailleur, auquel ils sont abandonnés.

Les plaques en cuivre et les boutons portant un numéro ou une distinction d'arme sont brisés avant d'être remis au domaine.

Les armes hors de service sont versées dans les établissements de l'artillerie.

Les effets, instruments ou armes, qui reçoivent une des destinations autorisées ou prescrites ci-dessus (excepté les effets échangés) sont portés en sortie au registre de recettes et consommations du service de l'habillement.

Dépôt daus les magasins du corps des effets et armes des hommes qui s'absentent.

Les effets et les armes des hommes entrant dans une position éventuelle d'absence, détachés ou détenus, sont déposés au magasin d'habillement avec une note qui en présente exactement les désignations, et qui indique la valeur estimative des dégradations qui y sont reconnues. Cette note est datée et certifiée par le capitaine, elle est rendue avec les effets, à l'homme rentrant dans la position de présence, mais s'il est rayé des contrôles du corps, elle est conservée par l'officier d'habillement, pour être mise à l'appui du bulletin des réparations ou remplacements laissés au compte de la masse individuelle.

Si les effets et les armes restent en dépôt dans le magasin de la compagnie, le capitaine conserve la note, qui, dans ce cas, est visée par le major.

Habillement des enfants de troupe et réparations.

Les conseils d'administration doivent pourvoir à l'habillement des enfants de troupe et aux réparations, au moyen d'une partie des économies de coupe et des effets hors de service.

Réparation d'effets d'habillement, soit au compte de l'homme, soit au compte de la masse d'entretien.

Les réparations au compte de l'homme ont lieu quand les dégradations sont le fait de sa négligence ou de sa malpropreté.

Les réparations au compte de la masse générale d'entretien ont lieu lorsque c'est par suite de l'user naturel.

Les réparations au compte de la masse d'entretien s'exécutent par le maître tailleur du corps au compte de l'abonnement ou par le soldat lui-même s'il en est capable.

LÉGIONS DÉPARTEMENTALES.

N^{os} des Légions	RÉSIDENCE des Chefs de Légions	
1re	**Paris**.........	Composée des départements de la Seine, de Seine-et-Oise et de Seine-et-Marne.
2^e	**Chartres**.....	D'Eure-et-Loir, du Loiret, de l'Orne et de la Sarthe.
3^e	**Rouen**.......	De la Seine-Inférieure, de l'Eure, de l'Oise et de la Somme.
4^e	**Caen**.........	Du Calvados, de la Manche et de la Mayenne.
5^e	**Rennes**.......	D'Ile-et-Vilaine, des Côtes-du-Nord et du Finistère
6^e	**Nantes**......	De la Loire-Inférieure, de Maine-et-Loire et du Morbihan.
7^e	**Tours**........	D'Eure-et-Loir, de l'Indre, de Loir-et-Cher et de la Vienne.
8^e	**Moulins**......	De l'Allier, du Cher, de la Nièvre et du Puy-de-Dôme.
9^e	**Niort**.........	Des Deux-Sèvres, de la Charente-Inférieure et de la Vendée.
10^e	**Bordeaux**...	De la Gironde, de la Charente, des Landes et des Basses-Pyrénées.
11^e	**Limoges**.....	De la Haute-Vienne, de la Creuse, de la Corrèze, de la Dordogne.
12^e	**Cahors**........	Du Lot, de l'Aveyron, du Cantal et de Lot-et-Garonne.
13^e	**Toulouse**.. ...	De la Haute-Garonne, du Gers, des Hautes-Pyrénées et de Tarn-et-Garonne.
14^e	**Carcassonne.**	De l'Aude, de l'Ariége, des Pyrénées-Orientales et du Tarn.
15^e	**Nismes**.......	Du Gard, de l'Ardèche, de l'Hérault et de la Lozère.
16^e	**Marseille**....	Des Bouches-du-Rhône, du Var et de Vaucluse.
17^e	**Bastia**........	Composée des deux compagnies de la Corse.
18^e	**Grenoble**....	De l'Isère, des Basses Alpes, des Hautes Alpes et de la Drôme.
19^e	**Lyon**.........	Du Rhône, de la Loire, de la Haute-Loire et de Saône-et-Loire.
20^e	**Dijon**.........	De la Côte-d'Or, de l'Aube et de l'Yonne.
21^e	**Besançon**.....	Du Doubs, de l'Ain, du Jura et de la Haute-Saône.
22^e	**Nancy**..	De la Meurthe, de la Haute-Marne et des Vosges
23^e	**Metz**.........	De la Moselle, des Ardennes, de la Marne et de la Meuse.
24^e	**Arras**........	Du Pas-de-Calais, de l'Aisne et du Nord.
25^e	**Strasbourg**..	Du Bas-Rhin et du Haut-Rhin.

41ᵉ RÉGIMENT DE LIGNE.

Détachement commandé par **M.**   capitaine.

COMPTE AVEC M. L'OFFICIER D'HABILLEMENT.

EFFETS DE PETIT ÉQUIPEMENT.

DATES.	DÉTAIL.	Chemises.	Cols.	Guêtres en cuir.	Guêtres en toile.	Souliers (paires).	Caleçons.	Etuits d'habit.	Mouchoirs.			MONTANT EN ARGENT.
1850.	Prix.. (1)											
	REGETTES.											
1er févr.	Il restait au 1ᵉʳ janv.	6	5	4	5	3	3	7	6			75 50
2 dudit	Reçu..............	15	4	5	11	4	3	7	5			78 »
4 dudit..	*Idem*	24	5	3	6	7	4	2	5			80 »
	Totaux des recettes........	45	14	12	22	14	10	16	16			233 50
	CONSOMMATIONS.											
2 fév....	Distribué à la 1ʳᵉ du 2ᵉ bataillon	3	7	6	8	10	4	5	3			89 »
6 dudit..	*Idem* à la 2ᵉ du 4ᵉ.....	35	6	4	12	2	3	4	5			54 30
	Totaux des consommations.	38	13	10	20	12	7	9	8			143 30
	BALANCE.											
	Les recettes sont de........	45	14	12	22	14	10	16	16			233 50
	Les consommations sont de..	38	13	10	20	12	7	9	8			143 30
	1er mars 1850, il reste.....	7	1	2	2	2	3	7	8			90 20

Certifié par moi, chef de détachement, le présent compte,
duquel il résulte que je suis responsable envers M. l'officier
d'habillement de sept chemises, un col, etc., dont le montant
s'élève à quatre-vingt-dix francs vingt centimes.
      A   , le   1850.

(1) Le prix des objets pouvant varier, on l'a laissé en blanc.

TABLEAUX ET ÉTIQUETTES A AFFICHER DANS LES CHAMBRES.

Par décision du 20 juin 1848, le Ministre de la guerre a arrêté ainsi qu'il suit la nomenclature des tableaux et étiquettes, qui pour l'exécution des réglements, doivent être constamment placés dans les chambres.

1° Les marques extérieures de respect ;

2° Les devoirs des caporaux ;

3° L'état du casernement,

4° La liste d'appel,

5° Le réglement sur l'entretien de l'armement ;

6° Les consignes générales pour les postes de police, les cuisines, les infirmeries, etc. ;

7° L'étiquette indiquant au-dessus du lit de chaque homme, son nom, son numéro matricule et celui de ses armes.

Quant à la dépense résultant de la confection et de l'entretien des planchettes destinées à recevoir les tableaux et étiquettes, le Ministre a en même temps décidé,

Premièrement, que cette dépense serait supportée par le budget du génie, en ce qui touche le tableau n° 3, (Etat du casernement),

Et secondement, que pour tous les autres tableaux ou étiquettes, la dépense serait à la charge de la masse générale d'entretien de chaque corps, mais qu'elle serait réduite le plus possible, en recourant à l'industrie des compagnies hors-rang et en employant pour la confection des planchettes, les bois des vieilles caisses en magasin ou même des morceaux de carton ayant précédemment servi à d'autres usages.

Paris. — Imp. et Lith. de Maulde et Renou, rue Bailleul, 9-11.   2600